畫她是因為
她的樣子和
我心目中的
一模一樣
蘭多夫督察
(配角)

大魔法搜查線

RESET

霖羯

陳浩基 原案

CONTENT

你說什麼!?
沒錯，總督大人。
帕加馬的恐懼、
無名焚風、
行動天災，
帶走足足三十三條人命的連環殺人凶手——

紅伯爵——

就在我們之中!!

FILE:1

新官上任

數日前

緊接著！
老夫就撿起倒下同伴的槍，衝過去給那魔族致命一擊！

那個兩層樓高的大傢伙就這麼應聲倒地，他的夥伴也嚇得不敢再上前！
我們又一次在魔族的進攻下守住了帕加馬…

噯——
雖然大家都說我們種族個體差異很大，
但魔族應該沒辦法長到兩層樓高耶。

吵死了！臭魔族！
要不是看在國王的面子上，像你這種奸險狡猾的傢伙休想進帕加馬一步！
您說得是、您說得是。
和平條約萬歲！心胸開闊的甘布尼亞王萬歲！
但有個腦袋發熱的戰爭狂魔王，我們小老百姓也很困擾啊。
那個人類的騎士叫什麼來著？
魔族不會對和平條約不滿嗎？
也是有那種傢伙啦。
海參威？
海明威？
海明頓。

聖騎士海明頓。
啊！對對，多虧他幫忙幹掉前魔王，
像我這樣規矩的小老百姓才能夠好好過生活啊！
來來來！來自魔族大陸的精美工藝品便宜賣喔！
看在同坐一台車的緣分，給大家特別優惠喔！
太急了吧！
突然做起生意了!?
機會難得要買要快！
進城後，商品就會含稅囉。
含稅
好合理！但又哪裡怪怪的！

馬車上可以做生意嗎？
唉唷！又不在城牆內，哪來這麼多限制啊！
前提是民用馬車——
但這輛馬車隸屬帕加馬公設驛站，
馬車相當於帕加馬鎮的公權力延伸。
依照大部分的城市法，在公共區域內未經允許鋪設商販是違法的。

放下

小哥，別這麼古板嘛。
我請大家吃糖，咱們交個朋友…
王城來的高級貨喔~

噯……
不對……
已經要到囉。
小姐……？

這就是過去的南境要塞，現為甘布尼亞第四大城的——
異人之都帕加馬。

薩伊先生您也不是第一次在馬車上推銷被警告了，
還是低調一點吧。
帕加馬的警察可是不好惹喔。

沒錯。
違規擺攤就算了，
賄賂公職可是重罪。
賄賂？
幸好今天還不算，
以後走夜路小心撞到警察喔。

我看看…
沿著主幹道走
就能夠到達
斯巴廣場市集…
巨人、
矮人、
精靈、
魔族…
半身人…
蜥蜴人!?
第一次
看到。

不愧是號稱種族最多元的城市。
甘布尼亞可是人類王國啊。
帕加馬人口分布統計
精靈 23%
人類 59%
矮人 12%
其他 6%

白臉羅蘭
白臉羅蘭
沒穿褲子仍起舞，
孩子們都取笑你，
當你躲在樹上吐。
不管再怎麼遙遠，畢竟是貿易重地，還是聽得到王都的歌啊……
呀啊啊啊啊！

躂躂
躂躂躂—
給我站住！
滾開滾開！
突起—

砰
逮到你了！
咕……！
不要過來！
！
！！

不、不然我就割斷這小鬼的脖子!!
盜竊、
拒捕、
損毀器物，
現在又挾持恐嚇…
看來你是不想從牢裡出來了。

給我退後！
少…少囉唆！

對！都是你們這些警察……
就是個錢包！乖乖讓我拿走不行嗎？

這位先生，
你
弄髒
我的
衣服了。
你想
怎麼
賠我啊？

你你你你
你幹麼！
不要過來！
你沒看見這個
小孩嗎？
哎呀？
這話真奇怪。
人類的小孩
干我什麼事？
吾乃
石之魔女──
戈爾貢。
最喜歡把自以
為是的男人做
成雕像，
既然你這麼想
成為我的作品，
那就成全你吧。

是要用火烤乾呢？
還是用冰凍住呢？
不如用我最喜歡的…
用黑暗的魔力把生命慢慢抽乾，
最後變成專屬於我的石像。

來，選擇吧。
不管選哪一個，
我都可以保證，
你不會死得很快。
嗚咿咿咿咿!!
怪物啊!!

救命……
咦……
下午第二鐘，斯巴市場，現行犯逮捕。
居然用上帶鬥氣的拳頭……犯人下半輩子只能吃粥了。
魔女戈爾貢？
好可怕……
是通緝犯嗎？
只是個戲曲裡的角色啦。
舞台劇就沒能流傳過來呢

嗚……
嗚嗚嗚……
不要把我變成石頭……
……
好了，已經沒事了。

有什麼……暖暖的東西……
這是趕走眼淚的魔法。

你很勇敢喔，幫助警察抓到壞人。
回去可以和媽媽炫耀了。
嗯！
謝謝你！魔女姐姐。
不是⋯那個⋯
⋯算了。
喀嚓
鬆一口氣—
請你也和我去一趟警局吧，
「魔女」小姐。

王立帕加馬鎮警察署
第二分局
所～以～說～
我叫雅迪妮絲·德布西，
是從總署調來入職的！
胡說八道！哪有用黑暗魔法把人變成石頭的警察啊！

那只是嚇小孩的把戲罷了，你長這麼大一隻膽子居然這麼小？
拿黑暗魔法嚇小孩，不逮捕你逮捕誰？
嚇人又犯了什麼法你倒是說說看啊！
德布西…
德布西…我看看…
嘶咍～
嗚吼吼吼…！
找到了，來自總署的調職令。
他不但是新同事，還是你上司喔，路希。
雅迪妮絲·德布西
性別：女
種族：人類
職位：警長
警長？這丫頭是個警長⁉

怎麼能對年資比你大的前輩說這種話呢？
你不也是年紀輕輕就當上副警長？
唔!?
其他的先不論，只憑施展黑暗魔法就逮捕是你的不對喔。
黑暗魔法都除罪化十年以上了，你也不想害二局被反歧視團體找麻煩吧？
……
…抱歉，是我不好。
也請德布西警長不要跟他計較，
路希容易衝動，但並不是一個講不聽的孩子。
啊…沒關係。
還有請叫我雅迪就行了。
總之先去辦理入職手續吧，
請跟我來。

鐵匠布萊克先生請到二號櫃台——
是這傢伙先開始的！
他居然敢說矮人都是沒文化的老粗！
胡說八道！哪有擅闖民宅隨便取走財物的勇者啊！
喂！這個用風魔法割破女性衣物的變態要交給哪一組？
路希，那個竊盜慣犯丟下的贓物還在這喔。
抱歉，我馬上拿去建檔。
人手不足嘛。
感覺真忙碌啊。
這次還是讓黃鼠狼跑啦？
哼！跑得了一時跑不了一世。

科長去吃午餐還沒回來。
小道，怎麼只有你在？
小孩!?
不對，是矮人？
午休都過多久了，那個老油條到底有沒有要上班啊？
留點口德，人家好歹是你上司。
那就拜託他先做點上司該做的事吧。
有人在呼喚我嗎？

喔喔喔！您就是德布西警長吧？
幸會幸會。
沒想到從總署調來的菁英是這麼可愛的女孩子，
和您一同工作敝人真是三生有幸！
呃…過獎了…
讓我來為您介紹未來的同事！
最資深的這位是尤金警長，
二局的各位都習慣叫他大師。
有什麼問題儘管請教他就對了！
難道不是請教身為長官的你嗎？
【警長】
尤金・布力克史密斯
前僧侶／人類

這位臭臉的叫路希，職位是副警長。
是個難搞的傢伙，不過強壯又勤勞，可以盡情使喚他。
……
我會的。
【副警長】
路希安・因格朗
戰士／人類
然後是探員小道，
他可是我們科不可或缺的重要成員喔！
我的目標是成為和斯巴先生一樣偉大的戰士！
與聖騎士一同討伐魔王的傳奇矮人戰士
【探員】
道奇・禾特拉卡
戰士／矮人
小道的家族是鎮上的矮人名門。
重要的點在…？
懂了…
最後就是我了！帕加馬警界支柱、僅次局長的二局棟樑──
萬事科科長阿杜夫・古巴！
【督察】
阿杜夫・古巴
魔法使／人類

請多指教……

等等……
萬事科!?
我要進的不是少年犯罪科嗎?
少年犯罪科?那是什麼?

我們這裡是魔法罪刑及嚴重罪案科暨內務二課兼人事科簡稱,
「萬事科」!
上至凶殺盜竊違規搶劫,下至員工旅遊津貼聯誼都由我們一手包辦!
人手不足?
人手不足。
~3

不是…我在總署頂多對付過一些少年犯,
逮捕成年重刑犯之類的事不在我的專業範圍啊!

有、有什麼關係,就當是老一點的少年犯…
最好是!

不…不是啦，您看嘛！
我們怎麼忍心讓唯一的女警長受傷呢？

您可是二局之花，只要在辦公室調查和指揮就行了，
我們絕對不會讓骯髒的罪犯碰您一根寒毛！
我不是這個意思……
拜託啦～
我們真的超級超級需要人手嘛～
入職單
戰鬥之類的我是真的幫不上忙喔。
當然當然，
粗重和危險的工作交給那邊的肌肉棒子就行了！

太好啦！歡迎來到二局！
事不宜遲，路希，快帶德布西警長去領裝備。
嘖！
我覺得你太小看自己了。
這麼年輕就當上警長，一定有什麼過人之處吧？

啊？還是您的家世比小道還顯赫？那就可以理解了呢。
哈……哈哈……你說呢？
嗯
咳!!
各位同僚請注意，我有重要的事情要宣布！
居然撞上局長演講啊……
你們局長會在上班時間突發演講？

首先，大家都知道，
大後天就是帕加馬一年一度的收穫祭。
今年總督大人還邀請了愛達小姐來演唱，收穫祭絕對會盛況空前。
鑒於我不斷努力與遊說，
愛達小姐將在收穫祭前來到二局參與一日局長的活動！
這是提升二局形象的大好機會，大家絕對要好好把握！
嗚喔喔喔喔!!
居然談成啦！
局長萬歲!!
愛達小姐！
愛達？誰啊？
不會吧？
去年的聖頌祭得主，新一任的國民歌姬啊！
你真的是王城來的嗎？
我對唱歌表演之類的東西不感興趣…
不感興趣…？
我是魔女戈爾貢～

再來是總督閣下的直接命令——
把逃走的小白，抓回來！
什麼!?
居然是小白！
小白逃走了!?
這個犯人的渾名還真可愛啊。
不是…那是…
這次總督大人也公布了和之前一樣的懸賞，
因此這將是目前二局最優先事項，
絕對要趕在一局之前——

找到總督大人的愛貓——
小白!!

喔喔喔！
機會來啦！
明年的經費有著落啦！
這次一定要讓一局好看!!

…你也真是不容易啊。
……

奇怪⋯看來替你訂作的裝備還沒到，我先找件備品。
都可以。
說實在的，
你並不像你說的那樣幫不上什麼忙吧？

剛才在市集，你至少用了四種屬性相剋的魔法。
那不是一般魔法使辦得到的事。
是啊，我六種屬性都會用。
六種!?
我能使用六系魔法不是因為多努力，
是體質問題。
那豈不是…
停，不管你對我產生了什麼幻想都給我收起來。
也因為體質…

魔法使的威力評鑑
我的威力評級只有一見。
太低了吧！
無冠
超級無敵霹靂強
識君
超級強
參祭
很強
二識
平均水準
一見
學徒不如

評級這麼低怎麼不見你拿個法杖？
虧你手無寸鐵的從王都旅行過來耶！
啊那沒用的啦。

雅迪　解除了
火焰增幅石法杖
雅迪　裝備了
火焰增幅石法杖
你看。

吶，不管有沒有增幅，我最大輸出就這樣了。
你真的沒在跟我開玩笑？
你說的玩笑是指我的人生嗎？
不是我在吹，除非傳說中的龍結晶，不然一般增幅石都拿我的體質沒轍！
法師公會掛保證的沒救！
你是要我誇你還是嗆你！
那你幹麼還當魔法使，不如改修練鬥氣當戰士算了吧？

……

不划算啦，修練鬥氣魔力就會下降。
我雖然輸出不行，但至少魔力量還挺高的。
真羨慕某個聖騎士大人，鬥氣和魔力都很強。
聖騎士海明頓是數百年來唯一的特例。

輸出拉不起來魔力量再高有什麼用？
吶，魔法使的制服。
大
這是我找到尺寸最小的人類制服了。
先頂著用啦。
這麼弱你是怎麼通過警察資格考試的？
用演技恐嚇考官嗎？
如果這麼幹能成就好囉。

術科成績不行，用學科成績去彌補就好啦。
等等…我好像聽說過，
別開玩笑了，公職的筆試難得要死，
誰不是拚命在術科成績拉分…
幾年前誕生了有史以來唯一筆試滿分的人……
在「有正確答案問題」上得到滿分，
這種事只要努力一下誰都做得到吧？

只有我滿分是因為
只有「我」需要。
分數這種東西
既不能守護市民，
又不能逮捕罪犯。
你們在
這裡啊！
不好了！
出大事了！
紅伯爵
逃走了！

那又是啥？
總督的狗嗎？
他是——
八年前，
在四個月內至少
殺了二十八人，
帕加馬有史以來
最凶惡的連續
殺人犯。

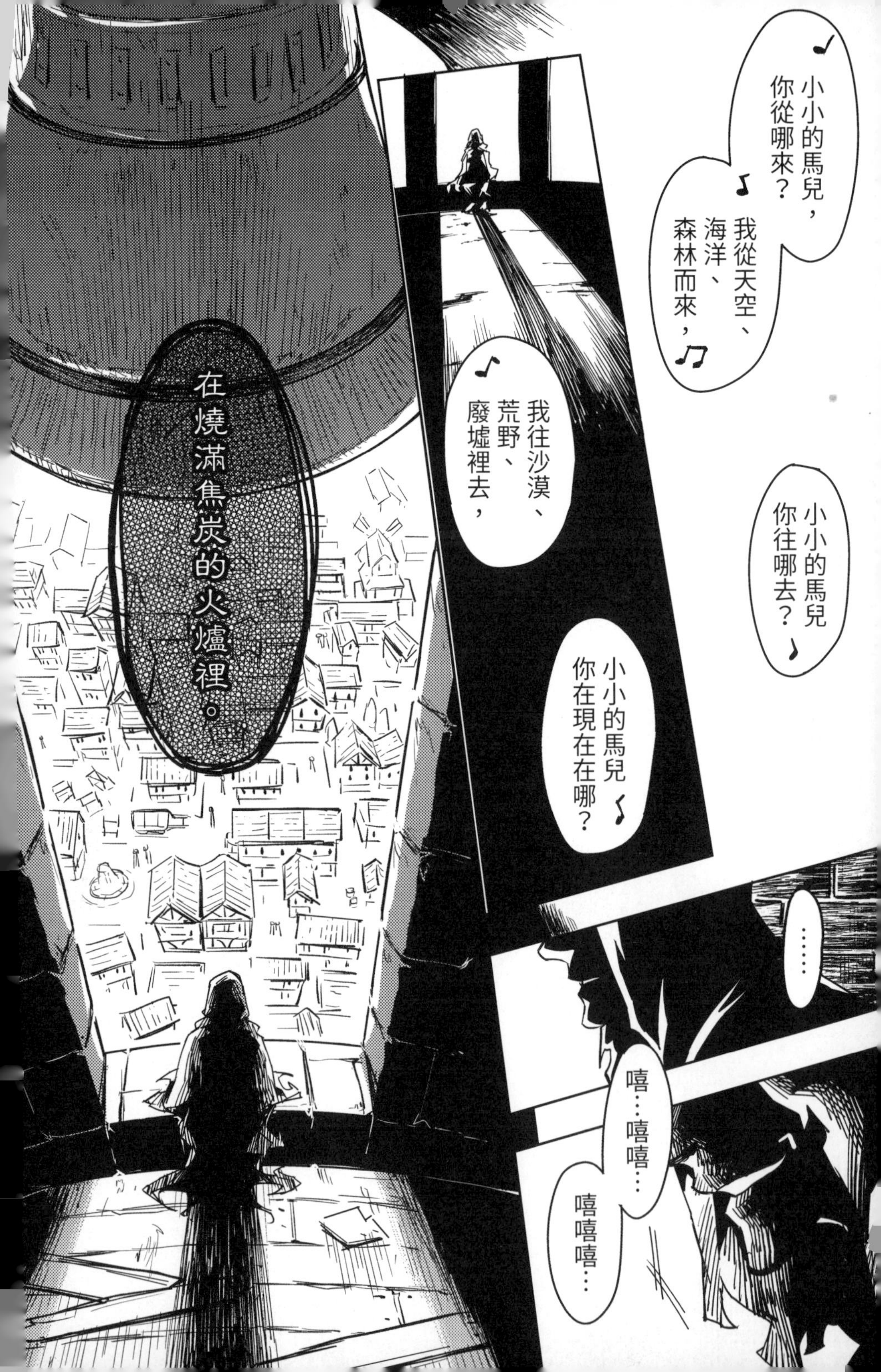
小小的馬兒，你從哪來？
我從天空、海洋、森林而來，
小小的馬兒 你往哪去？
我往沙漠、荒野、廢墟裡去，
小小的馬兒 你在現在在哪？
在燒滿焦炭的火爐裡。
……
嘻…嘻嘻…
嘻嘻嘻…

FILE:2

越獄

紅伯爵。
無人知曉他是誰
又從哪裡來。
唯一可以確定
他是一位
高強的魔法使。
幾乎無人目睹
案發經過，
也無人聽見
受害者的掙扎。
直到清晨曙光
重新照進某個
昏暗的角落，
帕加馬的市民
才會發現——

那彷彿由世間
最殘酷的惡意所
雕鑄的塑像。

當時每週都會發現幾具可怕的焦屍。
咔噠
咔噠
咔噠
受害者不分職業、
性別、
老幼。
人們因太過恐懼，還為他冠上了「天災」的名號。
但他不是落網了嗎？總有問出點什麼吧？
沒辦法。
他是徹頭徹尾的瘋子，完全無法交流。

我們除了他是個五十歲上下的男性、
左手有六指外，什麼也不知道。
這樣啊……

我要去向局長報備，調查就交給你們囉！
等等，不是說好凶惡犯罪我不負責嗎!?
那個甩鍋俠說的話你敢信？

既是很強的魔法使又是瘋子，
我是能拿人家怎麼辦啊？
不講人話的對象連騙都騙不動啊！
你跟科長抱怨啊，和我說幹麼！

那是什麼？
咚咚咚咚

駝獸？
速度好快！
失控了嗎？

糟糕！

前面是人群聚集的街道——

嘖！
路希!?

推開—

路希！
太危險了！
可惡，太淺了！
在車上光保持平衡就很難，更別提聚氣了！

既然如此…
你幹麼!?
你該不會想跳過去吧？找死嗎!?
少囉嗦!
啊…

快追上去！
辦不到啦！會翻車的！

可惡…該怎麼辦…
躂躂躂躂躂
呼嘯而過
!?

啪
那是…
一局的車！

那個人是一局的局長，
也是逮捕紅伯爵的英雄。

人稱——

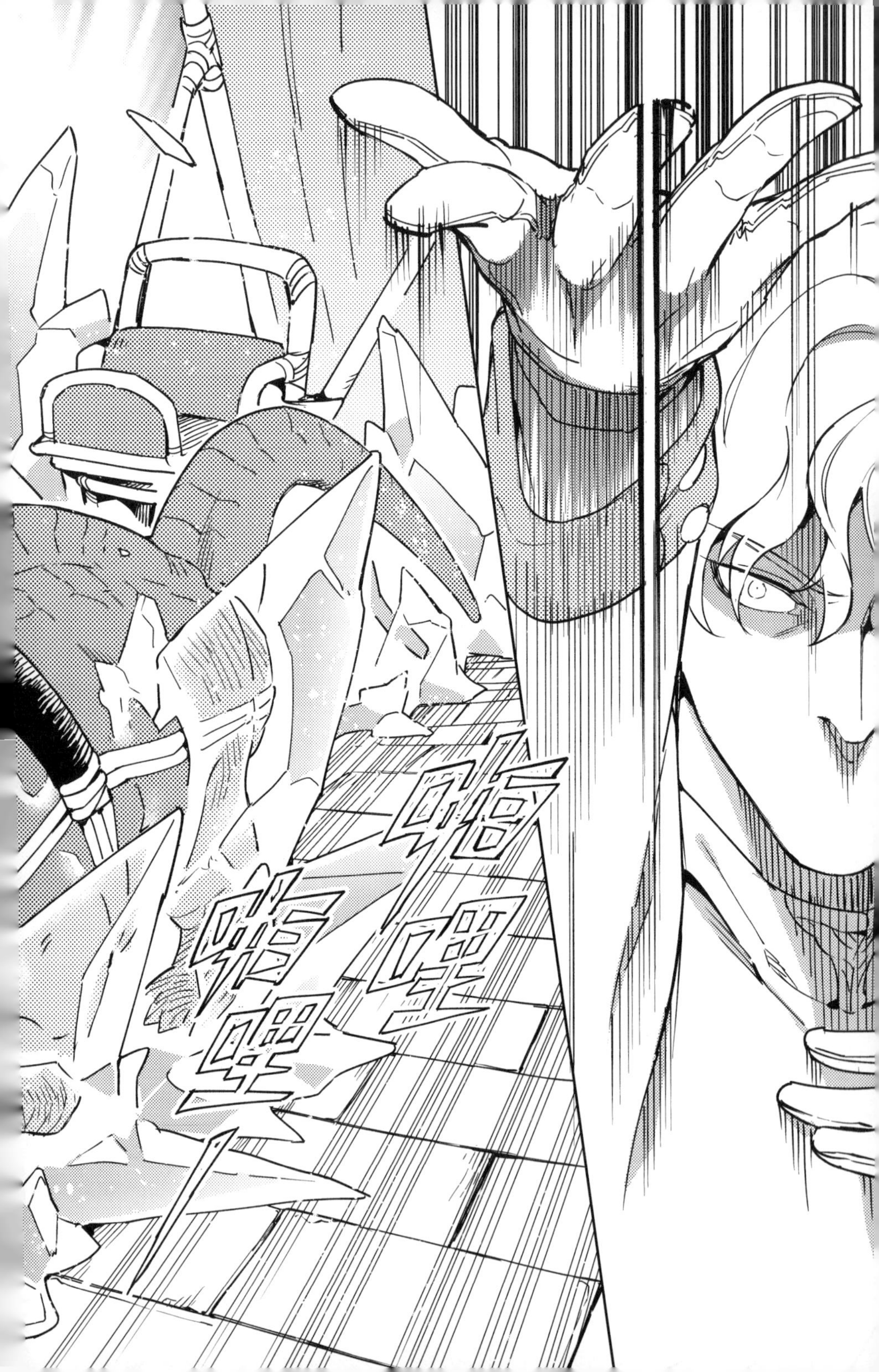
咯嘿
咯嘿

霜棘的弗雷克。

你們就是車主嗎？
非常抱歉……
牠們……很乖的！今天……奇怪……
一局【督察】
朗達・蘭多夫
戰士／人類
損害的賠償之後再說，馬上處理掉傷人的害畜。
去叫屠夫和拖車來。

請等一下！要是沒了駝獸，蜥蜴人會連家都回不去的。
請讓我們用別的方式賠償……
牠們……會好！
今天……奇怪！
既然進了帕加馬就要遵守本市的法律。
居然將這種危險的畜生帶進來，把這當成你們的蠻荒叢林不成？
少囉唆！
啪
這麼說有點過了吧？蘭多夫督察。

緊急狀態另當別論，但現在駝獸已經被制伏了。
先調查事情原委再做處分不是比較妥當嗎？
我還以為是誰咧？這不是二局的三流雜役們嗎？
有意見嗎？我不需要該退休的老頭、毛沒長齊的小鬼來教我怎麼辦案。
你說什麼？
你…
路希，冷靜點。

這是
安提托獸吧？

你又是誰？
這位是今天
入職的雅迪妮絲·
德布西警長。
這是蜥蜴人常用
的駝獸，體型
巨大性格溫馴。
不過進入
交配期就會
變得異常暴躁。
所以說，
把這種危險的
生物帶進來…

這就是問題了。
安提托獸的交配期需要一種當地的花粉做催化，
只要遠離家鄉就沒有發情的可能。
也因此才成了蜥蜴人長途旅行的首選。
但這兩隻安提托獸卻莫名其妙發情了，
仔細看牠們臉部的鱗片還殘留著一些粉末。
換句話說——這是起人為事件。

有人故意對牠們潑灑了育種用的花粉萃取物，對吧？
就說了！牠們…會好！今天…奇怪！
冷靜下來用母語好好說吧，不然你的翻譯也幫不上忙
啊！
總之這可能是惡性商業妨礙，調查結果出來之前證物還是好好保……
少囉嗦。

連失控駝獸
都無法阻止的
無能警察，
少在那邊對別人
的工作說三道四。
居然對著
同事揮鞭子，
你這女人有
什麼毛病啊！
路希！
怎麼那麼吵？

局長……
這些二局的傢伙在妨礙公務……
我聽見了。
我們還有更重要的事情要辦，
讓隨行警員留下來處理現場就行了。

通知商會叫他們派遣善於處理蜥蜴人駝獸的專家來，
這是重要的證物，不能有所閃失。
是……

聽到了吧！快去！

待會見，德布西警長。

……？

那個弗雷克局長，也是要去調查紅伯爵嗎？
八成是吧。
他是怎麼抓到紅伯爵的？
那時警局瀰漫著一股低靡的氛圍。
他追捕紅伯爵的過程相當戲劇性呢。
畢竟紅伯爵的殺人手法太過特異、又神出鬼沒，
很多人甚至認命，將他當作「不可避免的天災」。

當年只是低階巡警的弗雷克，
卻比任何人都認真專注於追捕紅伯爵。
最後終於讓他逮到機會，在激烈戰鬥後將其制服。
然後沒多久就從巡警升副警長、副警長升督察。
新局長
總督
你就去二局開荒吧！
什麼!?
三年前拆分一、二局時，更是升格當上一局局長，
把我們的派斯局長氣得要死。

畢竟評鑑有侷限性，

無法反映真正實力。

與其得到一個評級，讓他人、甚至自己給自己貼上標籤，
不如用實績來展現自己的能力。
那也是能力夠強，有足夠可能性的人才能說的話啦。
？
總之，弗雷克不過就是個愛現的傢伙罷了。
就算紅伯爵是他親手抓的，都當上局長了，該把事情交給底下的人做了吧？

話不能這麼說。
弗雷克他有非得親自捉拿紅伯爵的理由。
黑木監獄

局長，我們到了。

他的家人──
父母與妹妹，
皆死於紅伯爵手中。

唉呀，這不是二局的大師嗎？
【典獄長】
斯底斯 · 潘恩
好久不見，潘恩獄長。
真的好久不見，原來您還在一線啊！
馬馬虎虎吧。
那麼，有何貴幹啊？
……

既然二局到了，就請把紅伯爵逃走的經過再描述一次吧。
原來如此，
既然弗雷克局長這麼說了……
今天下午的自由時間，
他和其他囚犯一起在後院放風。
但不知怎麼突然消失了。
我們馬上派出搜索隊，但完全不見蹤影。
離他最近的出口是通過食堂、
穿過半區抵達工作人員進出的後門。
不知道為什麼，途中的門都沒上鎖。
他也像事先知道巡邏路線般完全

他不是一路殺出去的啊？
……
呃…我聽說他是個凶惡的無差別殺人犯，還以為逃走的過程會更粗暴一點？
他辦不到。
紅伯爵被施了禁咒法。

禁咒法——
需要現行魔法公會十位長老共同施展，
可以永遠封印一個人體內的魔力。
被施以禁咒法的人此生再也無法使用魔法。
居然還用上這麼麻煩的東西…
這種重刑犯判個死刑一了百了不好嗎？
……
就算沒有魔法，那傢伙的直覺也如野生動物般敏銳，
也許警備上的些微疏忽，就足以讓他嗅到逃走的機會。

既然如此，不排除有內應的可能性。
請提供相關人員名單好讓我們詢問。
您說得是。
我已經全權委託一局來做內部調查了。
請二局的各位不必費心，
像以前一樣專心守護市民就可以了。
什麼意思，你是叫我們別管嗎？
當然不是，紅伯爵有可能以魔法之外的方式犯案，
保護市民也是很重要的。
還不是一樣！
太好了，收工。
就這樣吧。
不要擅自決定！
大師!?

不好意思，
這位警長您不是本地人吧？
對，我今天才到任。
那也難怪了。
對於紅伯爵「不殺」的判決，
是帕加馬全體市民，作為文明社會的榮耀。
這個決定奠基在對人性和法治的深刻理解。
請您謹記。

可是…
大師！
紅伯爵的事
你就這麼
算了嗎？
你不是也…
八年前，
我就已經是
這個打算了。

那你呢？
你也覺得這樣就可以了嗎？
就不覺得哪裡很奇怪嗎？
如果你是指他們瞧不起人的態度——
很討厭，但一點也不奇怪喔。

而且我本來就不打算參和什麼凶殺案，
好好處理自己能力所及的小事不好嗎？
局長？
德布西⋯
我終於想起來了，
那個弄臣世家。

「白臉羅蘭」是你的什麼人？

大魔法
搜查線
RESET

FILE:3
弄臣世家

「白臉羅蘭」
是你的什麼人？

現任「宮廷傻瓜」——
羅蘭・薩默斯・德布西男爵。
正是家父。

你是貴族!?
嘖。

「愚者卡爾」
本名卡爾·德布西。一位以開創性手法，將魔法揉合進詼諧舞蹈中的藝術家。
因格外受當年國王喜愛而被冊封為貴族。
雖是最低階的貴族，但當年的國王給了德布西一族一項特權——
「違抗王令」。

從此，名為弄臣的新職位誕生於甘布尼西亞的宮廷之中。
朕的窗戶都去哪了!?
德布西大人全拆掉了，
說您削減蓋城牆經費真是個好點子，寢宮也請比照辦理。
將王位讓給德布西男爵三天。
朕以後蓋章會好好看內容的，現在給我下來。
歷代弄臣除了娛樂王室之外，也肩負以玩笑勸諫國王的職責。
現今第十六代弄臣以塗白的小丑臉，
滑稽的戲劇與舞蹈聞名，人稱「白臉羅蘭」。
所以…白臉羅蘭是本名嗎…？
原來就叫羅蘭啊
當代弄臣的渾名會因為民間創作廣為流傳，
但貴族本名就很少有人知道了。
是唯一開玩笑還不怕被他告的貴族

噗！
除了老頭和小鬼居然還有小丑的女兒！
二局真是人才濟濟啊！
我就在想哪有這麼年輕的警長。
看來就算是小丑，身為貴族的影響力還是有的嘛！
羨慕嗎？成天對著空氣揮鞭子很空虛吧，
請人家父親幫你介紹個缺馴獸師的馬戲團如何？

小流浪狗你皮在癢嗎？
試試看啊，假馴獸師。
夠了。
大家都是同事，不要起無謂的爭端。

無論平民還是貴族，在公職考試前一律平等。
德布西小姐如此年輕就獲得警長一職，必定有其過人之處吧？
……沒什麼，運氣好罷了。
那這份運氣也必定能用在逮捕犯人上。
專注在基礎工作上確實很重要，
但我們一局歡迎所有想要站在最前方與罪犯對峙的人，
您可以考慮一下。

搞半天是來挖角的！
走吧，車夫都要下班了
就說了不想幹嘛……

盯

幹麼，有什麼想說的就說吧。

你…是不能繼承家業才出來工作嗎？
因為是女孩子？
你知道弄臣的工作是什麼嗎？
呃——唱歌跳舞？
白臉羅蘭歷險記
我要為皇后編一隻舞～
唉呀！
是「成為全國的笑柄」！
白臉羅蘭白臉羅蘭～
孩子們都取笑你，
沒穿褲子仍起舞，
當你躲在樹上吐。
那白痴老爸也不想想自己都一把年紀了，
還每天化那種可笑的妝、在宮裡的地板滾來滾去，
是個人都能對他吐口水…

最過分的是還想把這個職業硬塞給我！開什麼玩笑！
「可以成為第一位在國宴上用鼻子喝麥酒的女孩子呦！」
這種人生成就只有可悲可以形容好嗎！
總之是你自己不想繼承家業就是了……
就算這樣，為什麼來當警察啊？
能選的話誰要幹這種吃力不討好的苦差事……
你以為我願意啊？
啊……

是嗎……
紆尊降貴幹警察這種苦差事還真委屈你了啊。
……
喀噠
喀噠
喀噠

喔喔，所以紅伯爵沒有恢復法力嘛！
甩
那就不用擔心了，那個神經病就交給一局處理吧！
可以吧…？
我沒意見。
天色也晚了，
明天得到獵人公會的周年集會現場維持治安，
大家今晚早點休息喔。

最重要的是！
歌姬愛達小姐也會在明天蒞臨喔！
興不興奮？期不期待？
……
年輕人鬧了點彆扭。
……發生什麼事了嗎？

明天見。
我也要走了。
宿舍在哪啊？
嗯？二局沒有宿舍喔。

調職信上
明明白白寫著
「附宿舍」喔？
真…真的嗎？
怎麼會這樣呢…

算了，
那附近有沒有
便宜的旅館…
全帕加馬的旅店
應該都住滿了喔，
畢竟收穫祭
快到了嘛。
沒…沒問題的！
我們萬事科有
其他科沒有的
特殊福利！

獨立休息室！
同僚們通宵查案好住所，
你可以放心住到找到房子為止喔！
哪來的黑心工寮啊!!
真是的…

算了，總比睡在大街上好…
叩叩
請進。
方便說句話嗎？

不好意思，你今天應該很累了吧？
沒關係，有什麼事嗎？
你覺得路希這孩子怎麼樣？
共事一天的感想？
是的。
是個很難出人頭地的類型呢。
擺臭臉又愛嗆上司
關係不打好基層當到老
……你說得沒錯。
不過，所謂的好警察就是這種人吧。

你不是嗎？
路希他……小時候遇到了一些事情，
讓警察這職業在他心中有點太過理想化。
在要求自己的同時，
也會不小心對身邊的人太過嚴苛。

可以的話請好好和他說明吧，他會明白的。
……？
說明什麼？

你並沒有輕視警察這份工作。
不管是阻止魯莽的同事、
還是維護平民的權益，
你都在「能力所及」的事情上盡了全力。
這毫無疑問就是好警察具備的素質。

若那孩子能成為你的助力，
你「能力所及」的事也會增加，不是嗎？

我想說的就是這些。

為什麼是由我去說呢？
他似乎滿尊敬你吧？

請等一下。

要勸說也比我有說服力…
我沒這個資格。
他仰慕的那個警察已經不在了。
就在紅伯爵殺害我妻子之後。
從那一天起，
我作為警察的榮譽、
信念、
理由，
都消失了。

剩下來的，就只是個等待退休的糟老頭罷了。

什麼跟
什麼啊…
情報量
太大了吧…
這才上班
第一天耶…
不管了，
看書放鬆
一下…
是魔法石
圖鑑啊…

竟然是全彩的手工抄本！
連稀有的守護結晶和龍結晶都畫得好仔細！
這麼窮酸的警局居然有這麼貴重的書!?
你要枕頭和棉被嗎？
你要枕頭和棉被嗎？
噯…啊…好！
請跟我來。

您是這裡的……管理員嗎？
這麼晚了，您還沒下班啊？
沒錯，叫我波莫老伯就行了。
我住在這。

原來還有閣樓。

好多書！這是您的收藏嗎？
怎麼可能。

這棟房子原本是總督大人的財產。
堆了很多當時的藏品和書籍。偶爾會有警員借來看。

但歸位的習慣不太好就是了。

為什麼總督大人的房子變成二局…
這次總督大人也公布了和之前一樣的懸賞！

因為貓？
把小白找回來的人可以向我提出一個要求！
請給我們一棟辦公樓!!
因為貓。
拿去吧。
謝謝。
我可以在這裡看一會書嗎？
你喜歡書嗎？
算、算是啦。
可以是可以，別把書弄髒喔。
我還要做最後的打掃，你就自便吧。
好的，謝謝。

放滿書的閣樓，簡直是夢想中的祕密基地！
在家裡看書只會被臭老爸鬧個半死……
《岡瓦納大陸古地圖》、《古精靈族魔法儀式》、
《神祕的第七系魔法》……
《龍族全圖鑑》也是彩色的！
突破人類極限打破不兩全論
聖騎士海明頓
生理限制抑或技術限制
魔法與鬥氣的不可兩全現象

「騎士團不收女孩，
這是傳統。」
「這是體質問題，
你再怎麼鍛鍊
也沒有用的。」
突破
人類極限
打破
不兩全論
「放棄吧，
就當是運氣不好。」

……為什麼我不能
像你一樣？
要吃點
東西嗎？
要吃點
東西嗎？
啊！那怎麼
好意思……
不是我準備的。

不知道是誰作好了擺在廚房。

還是熱的。
這麼說來從下午開始我就什麼也沒吃。

廚房常有加班的警察作宵夜，但現在局裡沒其他人了。
我已用過餐，你不吃就只能扔了。
我要吃！

我還是拿去休息室吃吧，把書弄髒就不好了。

……

德布西警長。
看來我們還挺投緣的，就介紹給你吧。
那上面是我在這棟房子最喜歡的地方，

祕密基地！
要是累了、有什麼不如意的事情，就上去看看吧。
保證不虧
但今天晚了，明天再來吧。
不上去嗎？
你不是要吃飯

謝謝！
你要借哪本？我順便幫你拿下去。

你是打算在休息室住多久啊？
嗯？這只是睡前讀物而已，明天早上就會拿來還了。
睡前…!?

FILE:4

風信子會堂抗議事件

風信子會堂。
不管是跳蚤市場、園遊會還是拍賣會，
是連市政府的大人物也常利用的活動場地喔。
今天則是獵人公會的週年集會。

不只如此，會堂後方就是露天歌劇院，
愛達小姐的演唱會場就在那裡！
真是多功能的地點啊…

畢竟戰時是情報中樞。
現在還留存著不少當時的建設呢。

不過為什麼有人要向獵人公會抗議啊？
問得好！
在抗議現場維持秩序——
前面是誓言保護的民眾，後面不是貴族就是金主。
幹得好沒人會感謝你，
警察打人
現場指揮不力
出事還會被長官降罪或輿論公幹……
這種爛工作！
一定是弗雷克打壓我二局的陰謀！

……
我說真的啦！
以往獵人公會的集會都在北邊，那是一局的轄區喔！
水仙花會堂
偏偏今年有「反獵聯盟」抗議，就改到我們轄區，哪這麼巧的！
風信子會堂
而且獵人公會的大老闆可是被弗雷克親手從紅伯爵手上救下來的喔！
聽弗雷克的話換個集會地點什麼的……
啊，我們到了。
聽我說嘛！
走吧走吧。
該上工了。

喀啦！
喀啦！
喀啦！
咔！
啪

注意——！
兩人一組立於拒馬外側！間隔兩公尺。
還有半小時反獵聯盟就要到場了！
我也去定點了。
人呢？
走吧。
人…
市政府是站在公會那邊的立場嗎？

您好，龐馬先生。
？
我們是來維持秩序，並沒有站在誰那邊。
哼！
既然布力克史密斯警長這麼說了，那就是吧。
做好你們分內的工作吧。
我們會做你們做不到的部分。

那位是…
「反獵聯盟」的首領，大家都叫他龐馬老伯。
會長那也得打聲招呼才行，走吧。
我嗎？
讓路希去不是比較好嗎？
他才是第二順位的現場負責人吧？
路希和獵人公會有過節，還是別見面比較好。
還是新人
一開始就沒指望
這些是獵人…？

唉呀！這不是布力克史密斯警長嗎？
亨特會長，好久不見了。
有警長坐鎮我就放心了。
半身人！
什麼反獵聯盟。都是些被洗腦的笨蛋！
警長不會相信他們那套蠢話吧？
…我們會盡全力守護現場秩序的。
保護自然啊、魔獸攻擊人都是棲地被破壞不得已之類的……
八成是戰後日子過得太舒服，才會產生和畜生做朋友的美好幻想。
沒錯。
只要他們親眼見識過魔獸的恐怖——
就不會作那種愚蠢的白日夢了。

他們很快就會意識到，
我們獵人公會才是真正站在民眾那一邊。
啊，先失陪了，我是出來找我助手的。
誰的主張正確先不管……怎麼說呢……不管是會長還是成員，怎麼沒一個看起來像獵人啊？
亞倫！亞倫你上哪去了！
商業都市的獵人，風格也比較前衛嗎？

我剛才不是說，路希和獵人公會有過節嗎？
嗯。
他去年破獲一個暴力集團，還把主謀打進醫院。
那個主謀是獵人公會的幹部。
咦!?
他現在還沒從醫院裡出來。
什麼仇什麼怨!?
我們這的獵人公會其實不是什麼正經組織。
隨著戰後經濟復甦、鄰近森林大量開拓，魔獸少了很多。
大部分正經獵人都轉行了，只剩些不尊重森林規矩的三流盜獵者。
就在此時，亨特掌管了公會的經營權。
一些連冒險者公會都不收的地痞流氓也加進來。

至此獵人公會徹底成了亨特的私產，
他毫無節制的獵捕魔獸，用毛皮和魔導素材賺進大筆金錢。
龐馬老伯是聲望極高的退休獵人，各大氏族都得賣他面子。
他繳交的大筆稅金，也成了帕加馬市非常重要的財政收入。
他主張近年魔獸變得愈來愈有攻擊性，是獵人公會濫捕造成的反撲。
我想這是長年與森林共存者的經驗與智慧。
一邊是財政收入，一邊是人情世故。
導致總督在面對雙方爭議時態度曖昧不清。
我們警察也要小心不能偏袒任何一方。
社會的縮影啊…
兩邊不討好的爛差事！

誰!?
啊!亞倫你在這啊!
你剛剛跑哪去啦!
你們……好……
和兩位介紹一下,這位是亞倫・米切爾,我的得力助手。
別看他傻傻的不太會講話,他可是非常厲害的火魔法使喔!
今年改到這裡集會也是他提議的。

我差不多該回去主持會議了，
今天要討論對市民非常有意義的議題，請警長一起來聽聽吧！
那就恭敬不如從命了。
他剛剛藏在後面嗎？
為什麼會長叫他時沒有出來？
祕密通道!!
這裡留有很多戰爭時期的設施

居然真的是密道。
本來還想可能是地下儲物室什麼的。
就這個岔道沒蜘蛛網。
最近被人使用過嗎？
躂
躂
躂
躂

死路…？
是出口嗎？好像鎖住了。
嗚哇！
石灰？還是用來做舞台效果的那種。
也就是說，這裡是……
不對，現在不是做這種事的時候，
我還在上班啊！
突然回神

噠噠噠噠
你去哪啦？
抱歉…我錯過什麼了嗎？
呼ー呼ー
就像我剛才說的，
你自己聽吧，我有不好的預感。
魔獸造成的災害日益嚴重，
就在今早我們得到通報，
這次不是旅客被襲擊這麼簡單。

那些狡詐的魔獸，居然入侵西邊的農莊、
殺害了農民的牲口！
有這回事？
西邊農莊…是一局的管轄。
我們晚點也會接到通知吧。
大家都知道，西邊農莊緊鄰紅葉森林，
那裡鐵定躲藏著更加凶猛的魔獸。
我們一定要在居民受到傷害之前找到那些傢伙，
將牠們一網打盡！

讓外面那些被蒙蔽的民眾看看!!
殺～
我們獵人公會，才是保護帕加馬免受侵害的英雄！
喔喔喔喔!!
喔喔喔喔～
嗚喔喔喔喔～
殺光那些畜生！
殺光牠們！
殺～
喔喔喔喔～
…我們該到外面了。
嗯……

我們會去做你們做不到的部分。
還真是…正因為是警察所以沒辦法呢。
※解散假獵人公會
※拒絕濫殺

解散公會！
譁
拒絕濫殺！
解散公會！
龐馬老伯好努力啊……
那麼，我到前面去了。
你和路希看著門口這邊。
……了解。

我們不要屠夫！
嘩
嘩
謝謝你的宵夜。
!?
你怎麼知道…
本來不知道，現在確定了。

～～～
我只是覺得，再怎麼不爽新同事，
無家可歸又沒飯吃也太可憐了。
你在門口偷聽？
我…我是在找重新溝通的時機！
要是你因為被嗆兩句就鬧脾氣不上班怎麼辦啊！
哇！你還真的把人嗆到不敢上班。
職場霸凌
嗚……！

開玩笑的。
……什麼意思？
我其實很清楚，這個職場不是我這種人該待的地方。
貴族圈裡，想修練劍或魔法的人通常會去當騎士。
所以…？
你見過女騎士嗎？
嗯…？
好笑吧？現在連平民女性都可以當兵了。
地位愈高包袱愈重、也就愈難以改變傳統。
話是這麼說啦……

但我當不上騎士的理由根本就和性別無關。
連憤世嫉俗的資格都沒有，
這種奇怪的體質注定了我做什麼都是半調子。
但又不甘心自己的未來只能嫁人或當小丑，
只好賴在這裡，幻想也許哪天有人需要我……
總之你真的不用在意，
我當警察只是因為當得上罷了。

你……
散會了。
滾啦！
人渣！

一群不知好歹的蠢貨。
這麼喜歡魔獸，怎麼不滾出去當飼料算了？

誰丟的！給我滾出來！
有人丟東西嗎？
誰知道啊。
不敢承認是嗎？也難怪啦……
一群只會躲在城牆裡的膽小鬼！
難怪會喊些不該殺魔物的愚蠢屁話！
你說什麼！

幹什麼！給我退後！
喂喂喂，憑什麼？
他們先用石頭砸我們！
你一個警察不去抓犯人還來怪我們？
怎麼了！在吵什麼！
唉呀，這不是龐馬老頭嗎？

被魔獸啃掉一條腿還這麼愛護魔獸，真了不起。
唉呦人家年紀大了，腦袋不靈光也是沒辦法的。
胡說八道…
不要被挑釁了！
說什麼鬼話！
這群混蛋！
不要擠！
少說廢話，快點離開！
蛤？憑什麼？
為了保護這些人，我們每天殺魔物殺得那麼辛苦。
憑什麼只有他們能嚷嚷？

誰要你保護啦！
不需要！
魔物變凶都是你們害的！
北七喔不凶哪叫魔物！
被吃掉活該啦！
魔物就是用來殺的不然咧！
退後！
不要擠！
要逮捕了喔！
把手放下！
可惡!!再這樣下去…

犯人在這裡!!
啪
來，快跟叔叔道歉。
……嗯。

石頭是我丟的，
對不起！
非常好喔！你很勇敢！
不用擔心，這些可是為了保護市民在外面和魔獸戰鬥，
非常偉大的叔叔喔。
只要好好道歉一定會原諒你的，
對不對？
嗚……
噗哧—

哼！走了！
好了！散會了！
謝謝各位！我們今天就此解散！

你怎麼找到犯人？
驚
我隨便抓了個看起來在混街頭的小孩塞錢請他演戲。
這類場合會吸引不少這種混進來偷錢包
蛤!?
啪
就說了我是個沒資質的半調子，
只會耍這種小招數……
我終於懂了。

我最不爽你的就是這一點！
明明就能想出別人想不出的點子，
做別人做不到的事情，
到底在自怨自艾個鬼啊！
蛤……？

媽的，那個臭婊子……
以前沒見過那個條子。
以後也不會再見到了。
灌注鬥氣！

尋釁滋事、
然後襲警⋯⋯
活膩了嗎混蛋
哇⋯⋯不是⋯⋯
我只是開個玩笑⋯⋯
躂
躂
躂
躂
躂

等等，我認得那個條子！
就是他把二隊隊長骨頭全部打斷，
至今還躺在醫院動不了。
什麼!?你就是那個……
二局最暴力的惡鬼警察——
「重錘」路希

看到了嗎？
這是我唯一會做的事情。
而將場面控制到像我這種警察就能解決的人，
是你。
做得太過火了！

FILE:5

國民歌姬

↑雅迪被分配到的辦公桌（未整理）

這麼說來科長沒有跟我們一起回來呢。
哼
去吃下午茶了吧。
砰！
才不是呢！
我去迎接貴客了
各位先生女士，讓我們掌聲歡迎
聖頌祭冠軍得主、
甘布尼亞之花、
人見人愛的國民歌姬——
愛達小姐!!
……
我是愛達小姐的經紀人查爾斯。

這位就是愛達小姐。
大家好。
我是愛達・哥登・拜倫。
很高興認識各位。

聖頌祭——
勞古大陸
五年一度的
盛會，
各國都會派出
自己的國民歌姬
角逐聖頌祭冠軍。

過去這項殊榮皆由
天生音色優美的
精靈族獲得，
但就在去年，
發生了數百年來
未曾有過的一幕。

一名並非尖耳的少女站在了決賽的舞台上。
愛達是精靈與人類的混血，
她出場的瞬間，在場觀眾都屏住了呼吸。
據傳聖頌祭的評審這麼評價愛達的歌聲——

在如鮮花般優雅
柔美的氣息下，

那是穿越種族藩籬，
帶給所有人希望與勇氣的聲音。
散發出的卻是巨木堅忍沉著的芬芳。
是屬於我們的世代奇蹟。

愛、愛愛
愛達小姐！
我一直是你的
歌迷，非常榮
幸見到你⋯
真的嗎？
我好高興喔！
真的是
愛達小姐！
喔喔喔
愛達小姐！
請看這邊！
統統給我
回去工作！

抱歉讓您
見笑了。
不會。
大家都好有
精神喔。

笑ー
？
啪ー
好了，請談正事吧。

雖然明天才是一日局長的活動，
但愛達小姐想先向擔任警備的各位致意。
擔任警備…我們全部嗎？
沒錯！我和派斯局長爭取的！
很棒吧

說好的人手吃緊呢？
為了一個藝能活動全員出動？

本來不用這麼多人，但我們收到這樣的東西。

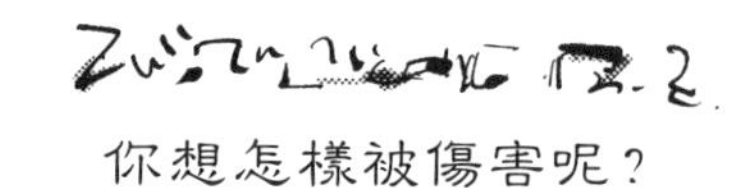
你想怎樣被傷害呢？

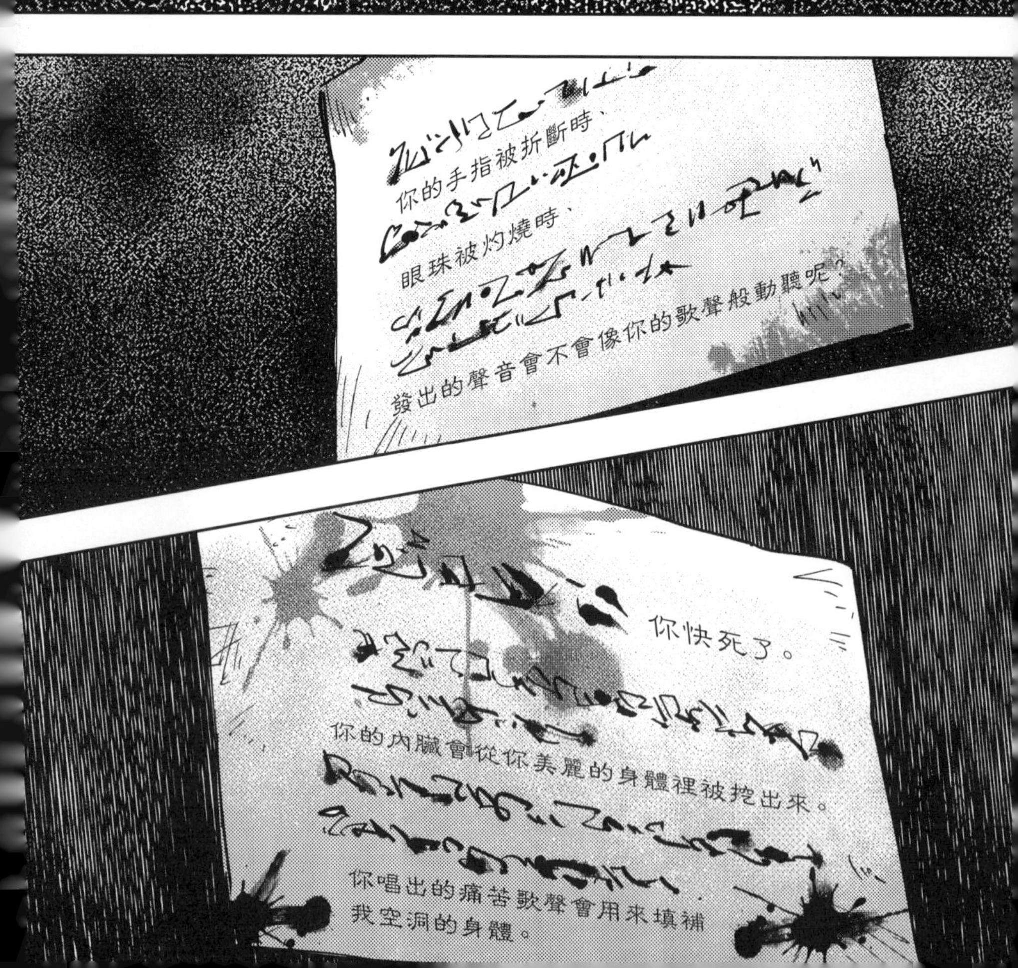
你的手指被折斷時，
眼珠被灼燒時，
發出的聲音會不會像你的歌聲般動聽呢？
你快死了。
你的內臟會從你美麗的身體裡被挖出來。
你唱出的痛苦歌聲會用來填補
我空洞的身體。

這是什麼時候收到的？
只憑這些很難抓到犯人啊。
數日前。是我們抵達帕加馬後的事。
我也不指望各位能馬上把這個鼠輩抓出來，
令人不愉快的禮物我們也早已見怪不怪。
但請別忘了，帕加馬是愛達小姐的故鄉。
總督閣下還允諾這次收穫祭將頒發榮譽公民的頭銜給愛達小姐。
這趟行程對愛達小姐和帕加馬都非常重要。

要是愛達小姐出了什麼意外，
會對各位的名譽造成多麼惡劣的影響，想必不用我多加提醒吧？
咦!?
查爾斯！
你這麼說對警察先生太失禮了啦！
對不起，
打從收到那些信之後查爾斯就有點緊張。

光是警察先生願意保護我，就令人感到非常安心了。
明天的活動就拜託大家了。

我們明天一定全力保護愛達小姐的安危！
蹈湯赴火在所不辭！

既然科長您這麼熱情，不如從今天開始如何？
？

其實接下來愛達小姐有私人行程，
如果能有便衣警員陪同我們會比較放心。
查爾斯！那太麻煩人家了！
我知道你們很不安，但要警察當私人保鏢這種事……
當然沒問題！
實不相瞞，
我們二局來了一位生力軍！
雅迪妮絲·德布西警長！
臨時任務交給他再適合不過啦！
呃……
我是沒意見啦…

真的嗎？
好羨慕…
急報！
啪
斯巴廣場第三後巷發現屍體，
初步判定是謀殺案！

一波未平…
啊…這樣的話…
大家聽到啦，全員出動前往案發現場！
愛達小姐就交給你啦…
喔。
等等。
我去當保鑣。
保鑣應該要起到威嚇作用吧？
派這小不點想嚇唬誰啊？

噓——
最好是啦！
你只是想接近愛達小姐吧臭小子！
濫用職權！
碰！
總之，犯人不在的案發現場我用處不大，
調查這種事應該由你去才對。
既然你都這麼說了，那我就試試看吧。
那麼…
那就這麼定囉。

愛達小姐，這位是路希安．因格朗副警長。
別看這小子一臉凶相，他可是精靈養大的紳士喔！
不要隨便爆人隱私啊
請多指教！
路希會用他的「重槌」教訓靠近你的壞蛋喔。
還不快點給我滾去現場!!
為什麼連我也⋯

那麼是怎樣的凶殺案？
呃…關於這個…
是魔法殺人事件，
死者被強力的火焰魔法燒成焦炭。
據說現場地上還留有一個黑色的笑臉記號。

是一局的人。
動作真快。
不是吧？明明我們離案發現場比較近耶。
請留步，任何人都不可擅進案發現場。
喂喂喂，我可是二局的古巴督察，
有什麼好不給進的？

我警告你喔！
再不讓我們過去，我就……
就怎麼樣？

哎呀，這不是蘭多夫督察嗎？
我們是來幫忙的，不要拒人於千里之外嘛。
少囉唆！
照規矩，斯巴廣場的案件先來者得調查權。
更何況，
二局最近不是正為某個小偶像忙得不可開交嗎？
你們就繼續為了守護市民的娛樂努力吧，
重大案件就交給真正的警察來處理。

紅伯爵的凶案
對怕加馬影響深遠。
沒時間吵架了。
我們二局
也有權利
共享情報。

胡說八道，
誰跟你說這案子
和紅伯爵有關了？

聽到了吧，
不准任何
閒雜人等
靠近。
是！

科長，我們就這麼回去嗎？
唉，因為科長忍痛放棄和紅伯爵有關的案子。
代替自己去的同事卻什麼都沒做就回來。
如果我是路希一定氣個半死。
沒辦法啊，人家不准…
啊，搞不好會氣到申請調職到一局喔，
反正上司一樣討厭，不如轉去辦案更積極的地方。
當…當然不能就這麼回去！
我們要據理力爭！
小道！你留在這裡觀察情況！
大師和雅迪去向弗雷克局長抗議！

我這就跟派斯局長回報狀況！
馬車就給你們用
我走路回去不用謝喔喔喔！
甩鍋俠！
那麼，你有觀察屍體的狀況嗎？
嗯…雖然距離太遠無法看得很清楚。

根據屍體損毀的程度，周遭未免太乾淨了。
一般被火魔法燒死的屍體
斯巴廣場的屍體

那正是紅伯爵慣用的伎倆。
並非使用瞬間高溫的火焰轟炸，而是將暗屬性的魔力滲入火魔法中。
因為暗屬性魔力有攀附並奪取生命的特性，
那種火焰會死死纏繞在被害者身上，直到其化為焦炭，
卻不會延燒附近的物件。

難道不是模仿犯嗎？八年前還不好說，
如果是暗屬性逐漸被接受的現在，有人習得這種方法…
還有一個依據。
就是那個笑臉般的圖形。
一般大眾只知道紅伯爵犯罪後會在屍體旁畫笑臉，
報紙也是這麼報導的。
但只有多次閱覽圖形的警察才會注意到，
每個笑臉的左側，都會多一個像是黑點的符號。
確實……我還以為那是污漬。

但禁咒法……
我對魔法不太熟，你覺得禁咒法有可能被解除嗎？
以現有魔法理論來說，不可能。
還是禁咒法施法不完全？
不不，從魔力的結構上來說…
如果是共犯或…
帕加馬鎮王立警察總署第一分局

跟二局的差距還真不是一星半點耶。
弗雷克局長，打擾了。

尤金前輩。
沒想到您親自來了，之前屬下在場，不便多做招呼。
別這麼拘謹，你都是局長了。和我這種老頭講什麼禮數。
這只是對過去照顧我的前輩最基本的敬意。
您終於打算調職來一局了嗎？
我們永遠為您保留一個位置。
別再笑話我了，我悠閒等待退休的決心不會改變的。

我是來拜託你，
能否讓二局參與調查
斯巴廣場的命案。
這聽起來不像
等待退休的人
會提出的要求啊……
也就是說，
蘭多夫比二局先
到現場了是吧？
她有時
態度確實
過於強硬，
但若沒有違反
規定，我也不
方便介入她的
工作。
凶手是紅伯爵，
弗雷克。

你確定？
你知道我多肯定。

我不會過於插手部下的調查方式，
但我能夠第一時間將資料與你們共享。
這就夠了。

那麼，我們就不打擾你工作了⋯
我還以為您早就對紅伯爵放下執著了。
老實說，我有點驚訝。

我是放下了。
但若出現有幹勁的年輕人，我從不吝嗇推他們一把，
這你也是知道的。
喔？還真令人意想不到。
……
在說我嗎!?
WHY!?

啊……
呃……
那是龍爪嗎？好帥啊！
沒想到德布西警長對龍有興趣。
那是我年輕的時候，與父母一同狩獵的魔龍。
您應該聽說過魔王麾下兩大魔龍之一，
赤焰亨吉斯特。

魔王麾下確實有兩頭很有名的魔龍，但是……
魔龍在戰爭的後期不見蹤影，
即使是聖騎士殺死了魔王的那場激鬥中，牠們都沒有現身。
當然，討伐魔龍是大戰之後的事了。
我沒那麼老

我只聽過傳聞，原來你是與雙親一同狩獵的。
令尊與令堂想必也很是強大的冰魔法使吧。
哈…只是占了屬性剋制的便宜罷了。
嗯？

顏色倒是沒錯，是品種差異嗎？
爪子是平的……和圖鑑裡看到的火龍爪不太一樣。
圖鑑上是長這樣

龍的話題就到此為止。
屠龍的名號對我來說著實有些沉重了，所以我一直沒有提起。
直到當上局長後被八卦小報挖出來
這副龍爪也是，剛到帕加馬那幾年一直被我收在倉庫裡。
萬萬沒想到，
這龍爪在今日成了我對家人唯一的紀念。
那麼，我們先告辭了。
慢走。

大師。
弗雷克局長逮捕紅伯爵時發生了什麼，可以和我詳細說說嗎？
有興致了？看來我稱呼你「有幹勁的年輕人」沒有錯啊。
故意的!?
不不我對凶殺案才沒興趣。
我只是想多少做點薪水分內的事情而已。
一定是這樣！
紅伯爵在八年前入秋時出現的。
當一切塵埃落定時，
已經是白雪靄靄的季節了……

FILE:6

英雄的誕生

哪有愛說謊的壞小孩啊？
哪有愛生氣的壞小孩啊？
唉呀都被紅伯爵抓走啦！
大大的火爐轟轟轟 黑黑的焦炭啪啪啪
都被紅伯爵吃掉啦！
吵死了！誰准你們在這邊玩的！
噯……
可是這裡一直都…
少囉唆！
跟大人頂嘴的壞孩子，小心被紅伯爵抓去烤來吃！
哇—
哼！
沒教養的臭小鬼。

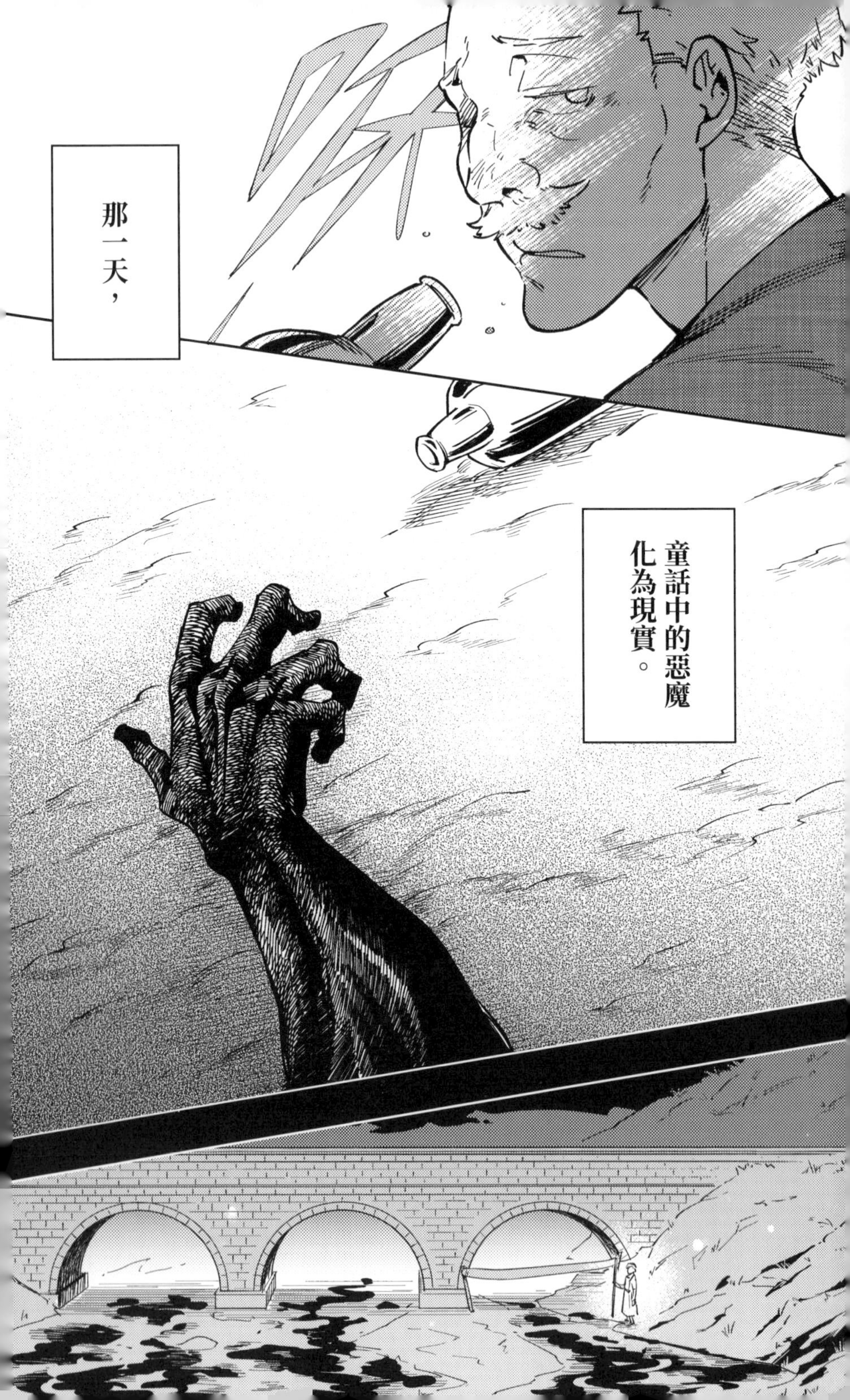
那一天，
童話中的惡魔化為現實。

辛苦了。
尤金前輩。
今天真冷啊。
說得也是，聽說奧多維斯亞連河水都會結冰。
哪裡。我的故鄉比這冷得多。

但就算如此，把案發現場丟給你一人看守也太過分了吧？
你的組長是洛特吧？要不要我幫你念他幾句。
哈哈，您的好意我心領了。
我只是個巡察，又是移民，
就算不用看守現場，他們也不會把重要的工作交給我。
要是能讓探員們專心查案，我在這對案件多少也算有些貢獻吧。
我記得弗雷克很擅長冰魔法，可惜歧視移民的風氣，
在警局待了好幾年都無法升官……
這麼晚了，您來是調查有沒有遺漏的線索嗎？
不，我只是路過罷了。
這個現場能提供的線索根本一目了然啊。

據說被害者是銀徽級的退役軍人。
是啊……連銀徽級的戰士都拿紅伯爵沒轍。
目前唯一見到紅伯爵卻沒死的目擊者是個小孩，
但除了「男人」和「六指」之外沒有其他情報。
紅伯爵不殺小孩嗎？
不，在這前後兩名不滿十五歲的孩童遇害。
連環殺手常見的偏好或堅持都不存在，
紅伯爵究竟是……

啪
別說這麼嚴肅的話題了，
聽說你的家人要來帕加馬探望你？
您怎麼知道？
約翰遜說的，家書都送到警局來了。
怎麼？你看起來不太高興。
啊…那個大嘴巴。
……
說來慚愧，我是離家出走的。
十年前我和父親大吵了一架便離家了，
還誇下海口要幹出一番事業好讓父親刮目相看。

但現在……別說什麼刮目相看了……
恐怕只會讓父母的名聲蒙羞。
你的雙親……
啊，那個創下屠龍壯舉的弗雷克家是吧？
你這之後都沒有和家裡聯絡過嗎？
……沒有。
嗯……在我看來，他們一定會覺得……
「幸好你平安無事」吧？

一個兒子杳無音訊整整十年，
不會有比平安更好的消息了。
希望如此。
你父母不是明天要到，你通宵值班有辦法去接他們嗎？
約翰遜連這個都說了嗎？
都查到我工作地點了，
就算不特地接也會自己找上門吧。

那麼，我請內人到車站接他們吧？
咦!?
我先在警局接待他們，你休息完再來就行了。
那怎麼行，未免太給兩位添麻煩了……
沒這回事。
兒子獨立後，我妻子一身作菜本領無處發揮，
閒得發慌呢。
怎麼不請幾個朋友回家給我招待招待啊？
那你還不快把犯人抓了！
別說得跟去買菜一樣！
現在誰還有心思串門啊？
夫人相當有個性呢……
更重要的是，我想讓你家人明白，
也許現在你無法得到長官青睞。
但賞識你、關心你的、
困難時願意出手幫助你的人比想像中多。

相信我，
這可比功成名就重要多了。
……
謝謝您，前輩。

對不起⋯
依莉莎⋯⋯
是我⋯⋯
都是我⋯⋯
對不起⋯

是你啊……
叩叩
叩—叩叩

尤金前輩！
聽說您辭去了紅伯爵調查小組指揮官的職務？
我累了，弗雷克。
已經無法再承受自己的無能。

也許就像人們說的，紅伯爵是無法違逆的天災。
身為凡人，再怎麼對著洪水咆哮都沒有意義。
……
我們知道紅伯爵的長相了！
新的倖存者是來自迪伏列王國的旅人，
紅伯爵先是殺了他朋友。
他情急之下用母語求饒，不知為何紅伯爵沒下殺手就離開了。
你是說紅伯爵不殺迪伏列人…
不對，編號十一、十二的受害者就是…

尤金前輩，回來吧。
不，你不回來也沒關係。
就算只有我一人也會調查到底。
紅伯爵不是什麼天災，
絕對不是！
等我一下。

這是⋯
我的調查資料。
我不能回去。
我兒子正趕回來替母親奔喪，我得陪在他身邊。
去吧，證明自己。
向警局裡那些人，以及你的家人。

你真的是因為兒子才不回調查小組嗎？
謝謝您，前輩。
聽到新線索的那瞬間，我意識到了。
我最想做的事——
是衝去找倖存者，把所有情報榨出來，
再掀翻整個帕加馬找出紅伯爵，用拳頭把他活活打死。

這不是一個
警察該有的
念頭。
您不想被
仇恨左右…
但弗雷克就
不會嗎？
我不知道。
所以我
賭了一把。
接下來的發展，
報章雜誌都寫得
比我知道得清楚。

弗雷克拯救了在自宅遇襲的希斯頓・亨特，並且經歷了一場激烈的決鬥，
最後冰封住紅伯爵的手腳，將他活著逮捕歸案。

他做到了我自認做不到的事情。
不管是逮捕紅伯爵，還是留他一命。
是愛達小姐的經紀人……怎麼了嗎？

啊啊太好了你們回來了，路希有和你們聯絡嗎？
沒有，我們直接從一局回來的。
發生什麼事了嗎？
還好意思問！

你們派來的那個猩猩把愛達小姐拐走了!!
!?

大小姐！
那個也好可愛喔！
愛…
大小姐，其他人好像沒跟上…

那個女孩長得好像…
不會吧？
大小姐，該換個地點了。
那再陪我到最後一個地方吧。

這個噴泉很漂亮吧，聽說我爸就是在這裡和媽媽求婚的喔。
精靈街外圍的廣場，明天的活動地點之一。
幸好這個時間沒什麼人。

副警長小時候是精靈養大的，
那你以前住在精靈街嗎？
嗯，我從八歲開始，到十七歲都和養母住在這裡。
愛達小姐也是嗎？
不是喔，媽媽是外地來的精靈，
結婚後住在爸爸的老家。
但精靈街不少媽媽的朋友，她常常帶我來這裡玩。

你小時候住在人類的街道上…不會被欺負嗎？
不會啊，大家都對我很好。

但可能因為我比較喜歡穿精靈的衣服吧，
人類小孩會覺得我怪怪的。
怪怪的？
裙子都飛起來了！
羞羞臉！
我有穿褲子！
他們說我是穿裙子的不可以踢球。
好像可以想像……

沒辦法，
精靈很多服裝在人類眼中和裙子沒兩樣。
優雅
百搭
男女皆可
這麼說來副警長也穿過囉？
好想看喔！
別…別提了…

……

抱歉！

你應該比較希望雅迪來當護衛吧？
女孩子間也比較有話聊…

好像不會！
粗糙魔獸幼仔的雕刻哪裡可愛了？
而且指頭的數量錯了
？
感覺像是雅迪會說的話。

不會啊。
路希副警長跟我爸爸一樣又高又壯，
讓人很有安全感喔。
反倒是我要道歉，我的任性，讓你們添了麻煩。
雖然我不太清楚，不過好像發生了很嚴重的案子。
其實你也比較希望查案吧？
是…是嗎？
沒辦法，再枝微末節的工作都得有人去做。

不不我不是認為保護你不重要喔，
只是當保母這種不太需要動腦的工作……
不對！我的意思是我不太擅長動腦……
總之……
啊……
其實我很羨慕像副警長這樣的人喔。
你想鍛鍊肌肉嗎？
的確會被經紀人反對呢
雖然那個也很羨慕但不是喔。

你想讓同事發揮長處，反抗了上司。
我覺得這很了不起喔！
呃……不……
那是因為……
我就爛
那傢伙連給下屬找碴的膽都沒有…
明明只要不說話就可以了。

很多事情，

明明沉默就好，
沒有人會受傷、
沒有人會責怪。
心裡再怎麼覺得「這樣不對」，
只要保持沉默就不會有壞事發生。
像我這樣懦弱的人居然被稱作「帶來勇氣」的歌姬，
很可笑吧？

我這個人啊，只是說話不經大腦罷了。
我行我素、不顧他人感受算不上什麼勇氣。

我覺得那種⋯⋯接受現實中的無奈，
摸索新的、能與自己、他人和平共處的方法，
才是真正拿出勇氣在與現實戰鬥的人。

畢竟放棄也是需要勇氣的，
我這種體質註定做什麼都是半調子。
我沒把握能做到一樣的事情。

⋯⋯

那麼……
到底說出來是勇氣、還是不說是勇氣，
你可以幫我評斷看看嗎？
嗯？

什麼!?

所以你……甩掉其他人是因為……
對不起…我太想找人傾訴了。
查爾斯他們在的話一定會阻止我。
你不會說出去吧？
不會！絕對不會！
死都不會！
發現了！
在那裡!!
!?
臭小子你被捕了！
你們發什麼神經!?
愛達小姐你沒事吧!?
虧我相信你耶！
衣冠禽獸!!
回去後兩人都被臭罵一頓。

愛達小姐。
你和我說的那件事……
我無法下評斷，畢竟最後要面對的還是你自己。
抱歉，幫不上什麼忙。
沒關係，你肯聽我說我就很高興了。
明天見，德布西警長。
？
明天見。
監守自盜的臭小子！
你們倆到底說了什麼！？

聽說今天歌姬愛達會去當一日局長耶。
免了，我最討厭條子。
客人，已經七點了。
客人？
—下集待續—

Extra:1

~~FILE.~~

大家的孩子

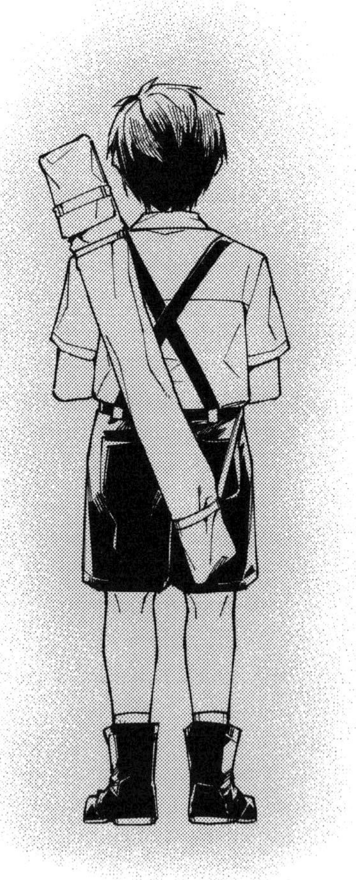

報告，盜賊團已經全鎮壓完畢！
很好，包紮好傷患就準備收隊。
警長！
請過來一下！

這是……
為什麼有孩子……
他們會擄走受害者的小孩。
很可能和人販有勾結…
也就是說這些孩子的父母……
可能都已經遇害了。

不用害怕，已經沒事了。
你叫什麼名字？
路希安……

十二年後
路希！
三街那個內褲竊賊的移交手續怎麼了？
科長還沒簽名，我晚點送過去。
路希，昨天的竊盜案…
負責現場的小道出勤了，等他回來再通知你。
D45案的物證清單…
我整理到一半…
不是，剛才送來了追加。
還有!?

看起來真夠嗆啊。
在警局住三天罷了，小意思。
約瑟芬妮（養母）+四個精靈姊姊
忙了這麼久，不考慮請個特休嗎？
約瑟芬妮女士說你很久沒回去看她囉？
饒了我吧……
母親在飲食上很接近傳統精靈，幾乎不碰肉……
偶爾吃點清淡的也沒什麼不好吧？
不，問題不在那裡……

我小時候對鍛鍊身體很執著。
她聽說人類小孩要多吃肉才會變強壯後，就努力學作肉料理。
我要像你一樣，成為偉大的警察！
有這個時期呢。
但直到現在，她的肉類料理都
毀滅性的難吃。
我幾乎想向被她料理的動物下跪道歉。
就算告訴她已經不需要了，
偶爾還是會送整鍋詭異的不明物來租屋處找我…
就說我成長期已經結束了啊！
難怪路希會自己學作飯。
總之……沒什麼啦。
況且，要是我休假，你和小道就傷腦筋了吧？

……
路希……
去一局吧。
上次破獲的暴力集團，你功勞最大。
趁機申請調一局，他們不會拒絕的。
我們人手不足，但雜務慢慢來也不會出人命。

你到一局才有機會成為你期望的警察。
你入職時已經選錯一次，別再錯過了。
……
大師，你記不記得，
我十二歲的時候，
把兩個企圖對女孩不軌的流氓打進醫院？
當然。
看你一身繃帶坐在警局裡，我嚇壞了。
沒想到你居然是受傷最輕的那個。

當時我常常到警局找你，很多人都認識我。
大家都覺得，我是因為小時候的經歷，
才特別憎恨抓小孩子歹徒。
連我自己都這麼覺得。

但你還記得，
你那時對我說了什麼嗎？

用訓練用的木劍就打倒兩個大人，真是做了不得了的事啊。
那兩個人看起來很凶，我很害怕。
你難道不會害怕嗎？
可是，這樣不對。
那一天，被救出來後，我就一直在想。
等等！

去死！
你們這些人渣
全都去死！
冷靜一點！
他殺了
哥哥！
為什麼我沒有像
他那樣生氣呢——
明明爸爸和
媽媽都被他們
殺掉了，
我卻沒想過
要殺掉他們。
只會待在
籠子裡發抖，
希望他們
給我飯吃、
不要打我。

——我不要那樣。
我要生氣，
我應該要生氣。
躂躂躂躂
我要成為——
能幫爸爸媽媽報仇的人！

原來如此。
不過路希啊……
我還記得那天，行動結束時已經很晚了，只能讓你們暫時待在警局裡。
棉被和食物都不夠。
孩子們的情緒都很沮喪。
但有個孩子主動安慰別人。
還把自己的食物分出去。
你是我見過最勇敢最堅強的孩子。

不需要
勉強自己。
你已經是個
讓父母引以為傲
的孩子了。
不憎恨惡人
不代表你是
膽小鬼。
你只是把那份
勇氣用在了別
的地方。
可是…
可是…
這樣的話…
爸爸
和媽媽……
太可憐了啊……

如果不是你，我可能還被困在過去，
憎恨某種自己也搞不清楚的東西。
我是想成為像你一樣的警察才來到二局。
就算是現在，我也不覺得這個決定是錯的。
……
碰
唉呀！這不是破獲暴力集團的大英雄路希安嗎？

局長說要幫你升職成副警長喔！副警長耶！
驚不驚喜？意不意外？
有空搞那些五四三的還不趕快過來工作！
我不是說這些文件請你午休前簽署完畢嗎？
伸手把印章拿起來蓋下去到底有什麼難的啊！
嗳……那個是升官，升官耶？
我也真是老了啊……
完——

後記
此地咩有白銀三百
三年前
手上的連載快結束了…
暫時沒有新的想法…
存款好少…
貓罐錢該怎麼辦…
要不要來畫輕小說改編？
大魔法
企劃
獨步 K編
CCC J編
於是大魔法的旅程就開始了。
感謝CCC和獨步的賞識，還有浩基老師大海一般的寬闊胸襟。
Just do it!!
因為實在辦不到月更36頁，連載前花了一年時間在積稿。
花一年畫得不到讀者回應的東西，放在過去的我應該難以想像。
這本書出版時我應該回到了第一格的狀態，
但有存款 ya
請大家繼續用關愛的眼神期待我下一部作品。
浩基老師幫我們寫了新腳本喔！
NEW!
日本漫畫家都怎麼活下來的…？

原案後記

大家好，我是《大魔法搜查線》小說作者陳浩基。原作小說在二〇一〇年前後完成，或許有讀者覺得奇怪，為什麼漫畫版的《大魔法搜查線ＲＥＳＥＴ》中，我掛的職銜不是「原作／編劇」而是「原案」。的確小說和漫畫兩者情節大致上相同，重要改動——像主角雅迪從小說版的男性改為漫畫版的女性——我也有參與討論（嚴格而言更可以說是不負責任的始作俑者）（汗），但由於我認為霖羯才是這部漫畫的真正靈魂人物，所以我只願意自稱「原案」。和小說相比，《ＲＥＳＥＴ》的角色描繪豐富生動許多，連載期間我每次閱讀，都十分期待霖羯以新角度去詮釋情節，而每次我也十分讚嘆，發現原來我筆下的角色能以如此不一樣的風格來演繹這故事，從畫風、設計至分鏡都無懈可擊，甚至覺得某些改動有趣得讓我自愧不如（譬如帕加馬的別稱「異人之都」就是漫畫原創）。

假如您喜歡這個第一集，請繼續支持接下來的第二、第三集。有興趣一睹男版雅迪（和女版路希）跟漫畫版主角有什麼異同的話，也可以看看由獨步重新推出的修訂版小說，我猜這兩個平行世界的「帕加馬收穫祭騷動」能為您帶來不一樣的樂趣。

編案：預計下個月出版！

陳浩基

NAZOMAN 23

大魔法搜查線 RESET

作　　者／霖羯（漫畫家）、陳浩基（原案）
漫畫助手／姜君

首　　發《CCC 創作集》
企畫編輯／ CCC 創作集編輯部
責任編輯／張祐玟
製　　作／文化內容策進院

單行本製作
責任編輯／詹凱婷
行銷企劃／徐慧芬
行銷業務／李振東、林珮瑜

總 經 理／謝至平
榮譽社長／詹宏志
出 版 社／獨步文化
城邦文化事業股份有限公司
105台北市南港區昆陽街16號4樓
電話：(02) 2500-7696　傳真：(02) 2500-1967
發　　行／英屬蓋曼群島商家庭傳媒股份有限公司
城邦分公司
105台北市南港區昆陽街16號4-8樓
網　　址／www.cite.com.tw
讀者服務專線／ (02) 2500-7718；2500-7719
服務時間／週一至週五　09：30 ～ 12：00
13：30 ～ 17：00
24小時傳真服務／ (02) 2500-1900；2500-1991
讀者服務信箱E-mail／service@readingclub.com.tw
劃撥帳號／19863813
戶　　名／書虫股份有限公司
香港發行所／城邦（香港）出版集團有限公司
香港灣仔駱克灣道193號東超商業中心一樓
電話：(852) 2508-6231　傳真：(852) 2578-9337
馬新發行所／城邦（馬新）出版集團　Cite (M) Sdn Bhd
41, Jalan Radin Anum, Bandar Baru Sri Petaling,
57000 Kuala Lumpur, Malaysia.
Tel: (603) 90578822　Fax: (603) 90576622`
email:cite@cite.com.my

封面設計／高偉哲
排　　版／高偉哲
印　　刷／中原造像股份有限公司
☐ 2024年（民113）11月初版
售價360元

 9786267415863 (第1冊：平裝) 9786267415849 (EPUB)